紅樓夢第三十回

寶釵借扇機帶雙敲　椿齡畫薔痴及局外

話說林黛玉自與寶玉口角後也自後悔但又無去就他之理因此日夜悶悶如有所失紫鵑度其意乃勸道論前日之事竟是姑娘太浮躁了些別人不知那寶玉脾氣難道偺們也不知道的為那玉也不是鬧了一遭兩遭了黛玉啐道你倒來替人派我的不是我怎麼浮躁了紫鵑笑道好好的為什麼剪了那穗子豈不是寶玉只有三分不是姑娘倒有七分不是我看他素日在姑娘身上就好皆因姑娘小性兒常要歪派他纔這麼樣林黛玉欲答話只聽院外叫門紫鵑聽了一聽笑道這是寶

玉的聲音想必是來賠不是來了黛玉聽了說不許開門紫鵑道姑娘又不是了這麼熱天毒日頭地下晒壞了他如何使得呢口裡說著便出去開門果然是寶玉一面讓他進來一面笑著說道我只當寶二爺再不上我們的門了誰知道這會子又來了寶玉笑道你們把極小的事倒說大了好好的為什麼不來我便死了魂也要一日來一百遭妹妹可大好了紫鵑道身上病好了只是心裡氣還不大好寶玉笑道我曉得有什麼氣一面說着一面進來只見林黛玉又在床上哭那黛玉本不曾哭聽見寶玉來由不得傷心了止不住滾下淚來寶玉笑着走近床來道妹妹身上可大好了黛玉只顧拭淚並不答應寶玉

因便挨在床沿上坐了一面笑道我知道你不惱我但只是我不來叫傍人看見倒像是偺們又拌了嘴的似的若等他們來勸偺們那時節豈不偺們倒覺生分了不如這會子你要打要罵憑着你怎麽樣千萬别不理我說着又把妹妹叫了幾十聲黛玉心裡原是再不理寶玉的這會子聽見寶玉說別叫人知道偺們拌了嘴就生分了是的這一句話又可見得比別人原親近因又掌不住便哭道你也不用來哄我從今已後我也不敢親近二爺權當我去了寶玉聽了笑道你往那裡去呢黛玉道我回家去寶玉笑道我跟了去黛玉道我死了呢寶玉道你死了我做和尚黛玉一聞此言登時把臉放下來問道想是你要死了胡說的是什麽你家倒有幾個親姐姐親妹妹呢明日都死了你幾個身子去做和尚明日我到把這話告訴去評評寶玉自知這話說的造次了後悔不來登時臉上紅漲低了頭不敢則一聲幸而屋裡沒人黛玉兩眼直瞪瞪的瞅了他半天氣的噯了一聲說不出話來見寶玉逼得臉上紫漲便咬著牙用指頭狠命的在他額上戳了一下哼了一聲咬着牙說道你這剛說了兩個字便又嘆了一口氣仍拿起手帕子來擦眼淚寶玉心裡原有無限心事又兼說錯了話正自後悔又見黛玉戳他一下要說也說不出來自嘆自泣因此自已也有所感不覺滾下淚來要用帕子揩拭不想又忘了帶來便用衫袖去

擦黛玉雖然哭着却一眼看見了他穿着簇新藕合紗衫竟去拭淚便一面自已拭着淚一面回身將枕上搭的一方綃帕拿起來向寶玉懷裡一摔一語不發仍掩面而泣寶玉見他摔了帕子來忙接住拭了淚又挨近前些伸手挽了黛玉一隻手笑道我的五臟都碎了你還只是哭走罷我同你往老太太跟前去黛玉將手摔道誰同你拉拉扯扯的一天大似一天的還這麼涎皮賴臉的連個理也不知道一句話沒說完只聽嚷道好了寶黛兩個不防都唬了一跳回頭看時只見鳳姐兒跑了進來笑道老太太在那裡抱怨天抱怨地只叫我來瞧瞧你們好了沒有我說不用瞧過不了三天他們自已就好了老太太罵我說我懶我來了果然應了我的話也沒見你們兩個有些什麼可拌的三日好了兩日惱了越大越成了孩子了有這會子拉着手哭的昨兒爲什麼又成了烏眼鷄呢還不跟我走到老太太跟前叫老人家也放些心說着拉了黛玉就走黛玉回頭叫丫頭們一個也沒有鳳姐道又叫他們做什麼有我伏侍呢一面說一面拉了就走寶玉在後面跟着出了園門到了賈母跟前鳳姐笑道我說他們不用人費心自已就會好的老祖宗不信一定叫我去說和我及至到那裡要說和誰知兩個人倒在一處對賠不是對笑對說呢倒像黃鷹抓住鷂子的脚兩個都扣了環了那裡還要人去說的滿屋裡都笑起來此時寶釵

正在這裡那林黛玉只一言不發挨着賈母坐下寶玉沒甚說的便向寶釵笑道大哥哥好日子偏生的又不好了沒別的禮送連個頭也不磕去大哥哥不知我病倒像我懶推故不去呢倘或明兒閑了姐姐替我分辯分辯寶釵笑道這也多事你便要去也不敢驚動何况身上不好弟兄們終日一處要存這個心倒生分了寶玉又笑道姐姐知道體諒我就好了又道姐姐怎麼不看戲去寶釵道我怕熱看了兩齣熱得狠要走客又不散我少不得推身上不好就來了寶玉聽說自已由不得臉上沒意思只得又搭赸笑道怪不得他們拿姐姐比楊貴妃原也体胖怯熱寶釵聽說不由的大怒待要怎樣又不好怎樣回思

了一回臉紅起來便冷笑了兩聲說道我倒像楊貴妃只是沒一個好哥哥好兄弟可以做得楊國忠的二人正說着可巧小丫頭靚兒因不見了扇子和寶釵笑道必是寶姑娘藏了我的好姑娘賞我罷寶釵指他道你要仔細我和誰頑過你來疑我和你素日嘻皮笑臉的那些姑娘們你該問他們去說的靚兒跑了寶玉自知又把話說造次了當著許多人更比纔在林黛玉跟前更不好意思便急回身又同別人搭赸去了黛玉聽見寶玉奚落寶釵心中著實得意纔要搭言也趁勢取個笑不想靚兒因找扇子寶釵又發了兩句話他便改口說道寶姐姐你聽了兩齣什麼戲寶釵因見黛玉面上有得意之態一定是聽

了寶玉方纔奚落之言遂了他的心願忽又見問他這話便笑道我看的是李逵罵了宋江後來又賠不是寶玉便笑道姐姐通今博古色色都知道怎麽連這一齣戲的名兒也不知道就說了這麽一串這叫個負荆請罪寶釵笑道原來這叫負荆請罪你們通今博古纔知道負荆請罪我不知什麽是負荆請罪一句話未說了寶玉黛玉二人心裡有病聽了這話早把臉羞紅了鳳姐這些上雖不通但只看他三人形景便知其意也笑問道這們大熱天誰還吃生薑呢衆人不解其意便說道沒有吃生薑的鳳姐故意用手摸着腮咤異道既沒人吃生薑怎麽這樣辣辣的寶玉黛玉二人聽見這話越發不好意思了寶釵

再欲說話見寶玉十分羞愧形景改變也就不好再說只得一笑收住別人總未解得他四個人的言語因此付之一笑一時寶釵鳳姐去了黛玉笑向寶玉道你也試着比我利害的人了誰都像我心拙口夯的由着人說呢寶玉正因寶釵多心自己沒趣又見黛玉來問着他越發沒好氣起來欲待要說兩句又恐黛玉多心說不得忍氣無精打彩一直出來誰知目今盛暑之際又當早飯已過各處主僕人等多半都因日長神倦寶玉背着手到一處一處鴉雀無聲從賈母這裡出來往西走過了穿堂便是鳳姐的院落到他院門前只見院門掩著知道鳳姐素日的規矩每到天熱午間要歇一個時辰的進去不便遂進

角門來到王夫人上房內只見幾個丫頭手裡拿著針線却打盹兒王夫人在裡間凉榻上睡著金釧兒坐在旁邊搥腿也乜斜著眼亂恍寶玉輕輕的走到跟前把他耳上帶的墜子一摘金釧兒睜眼見是寶玉寶玉便悄悄的笑道就困的這麼著金釧抿嘴一笑擺手令他出去仍合上眼寶玉見了他就有些戀戀不捨的悄悄的探頭瞧瞧王夫人合著眼便自己向身邊荷包裡帶的香雪潤津丹掏了一丸出來便向金釧兒口裡一送金釧兒並不睜眼只管噙了寶玉上來便拉著手悄悄的笑道我和太太討你咱們在一處罷金釧兒不答寶玉又道不然等太太醒來我就討金釧兒睜開眼將寶玉一推笑道你忙什麼金簪兒掉在井裡頭有你的只是有你的連這句俗語難道也不明白我告訴了你個巧方兒你往東小院子裡拿環哥兒同彩雲去寶玉笑道憑他怎麼去罷我只守著你只見王夫人翻身起來照金釧兒臉上就打了一個嘴巴子指著罵道下作小娼婦好好爺們都叫你們教壞了寶玉見王夫人起來早一溜烟去了這裡金釧兒半邊臉火熱一聲不敢言語登時衆丫頭們聽見王夫人醒了都忙進來王夫人便叫玉釧兒把你媽叫上來帶出你姐姐去金釧兒聽見忙跪下哭道我再不敢了太太要打要罵只管發落別叫我出去就是天恩了我跟了太太十來年這會子攆出去我還見人不見人呢王夫人固然是個

寛仁慈厚的人從來不曾打過丫頭們一下今忽見金釧兒行此無恥之事此乃平生最恨者故氣忿不過打了一下罵了幾句雖金釧兒苦求亦不肯收留到底喚了金釧兒之母白老媳婦來領了下去那金釧兒含羞忍辱的出去不在話下且說寶玉見王夫人醒了自已没趣忙進大觀園來只見赤日當天樹陰合地滿耳蟬聲靜無人語剛到了薔薇架只聽見有人哽噎之聲寶玉心中疑惑便站住細聽果然架下那邊有人此時正是五月那薔薇花葉茂盛之際寶玉悄悄的隔著籬笆洞兒一看只見一個女孩子蹲在花下手裡拿著根綰頭的簪子在地下摳土一面悄悄的流淚呢寶玉心中想道難道這也是個痴

丫頭又像顰兒來葬花不成因又自笑道若真也葬花可謂東施效顰不但不為新特且更可厭了想畢便要叫那女子說你不用跟著林姑娘學了話未出口幸而再看時這女孩子面生不是個侍兒倒像是那十二個學戲的女孩子之内一個却辨不出他是生旦淨丑那一個脚色來寶玉忙把舌頭一伸將口掩住自已想道幸而不曾造次上兩回皆因造次了顰兒也生氣寶兒也多心如今再得罪了他們越發没意思了一面想一面又恨認不得這個是誰再留神細看只見這女孩子眉蹙春山眼顰秋水面薄腰纖嫋嫋婷婷大有林黛玉之態寶玉早又不忍棄他而去只管痴看只見他雖然用金簪畫地並不是

掘土埋花竟是向土上畫字寶玉用眼隨著簪子的起落一直到底一畫一點一勾的看了去數一數十八筆自己又在手心裡用指頭按著地方纔下筆的規矩寫了猜是個什麼字寫成一想原來就是個薔薇花的薔字寶玉想道必定是他也要做詩填詞這會子見了這花因有所感或者偶成了兩句一時興至恐忘在地下畫着推敲也未可知且看他底下再寫什麼一面想一面又看只見那女孩子還在那裡畫呢畫來畫去還是個薔字再看還是個薔字裡面的原是早已痴了畫完一個薔又畫一個薔已經畫了有幾十個外面的不覺也看痴了兩個眼睛珠兒只管隨着簪子動心裡却想這女孩子一定有什麼

話說不出的大心事這麼個形景外面他既是這個形景心裡不知怎麼熬煎呢看他的模樣兒這般單薄心裡那裡還擱得住熬煎可恨我不能替你分些過來伏中陰晴不定片雲可以致雨忽一陣凉風過了颯颯的落下一陣雨來寶玉看那女子頭上滴下水來紗衣裳登時濕了寶玉想道這是下雨了他這個身子如何禁得驟雨一激因此禁不住便說道不用寫了你看下大雨身上都濕了那女孩子聽說倒唬了一跳抬頭一看只見花外一個人叫他不要寫下大雨了一則寶玉臉面俊秀二則花葉繁茂上下俱被枝葉隱住剛露着半邊臉那女孩子只當是個丫頭再不想是寶玉因笑道多謝姐姐提醒了我難

道姐姐在外頭有什麼遮雨的一句提醒了寶玉噯喲了一聲纔覺得渾身冰凉低頭看看自己身上也都濕了說不好只得一氣跑囘怡紅院去了心裡却還記掛著那女孩子沒處避雨原來明日是端陽節那文官等十二個女孩子都放了學進園來各處頑耍可巧小生寶官正旦玉官兩個女孩子正在怡紅院和襲人頑笑被雨阻住大家把溝堵了水積在院內把些綠頭鴨花鸂鶒彩鴛鴦捉的捉赶的赶縫了翅膀放在院內頑耍將院門關了襲人等都在遊廊上嘻笑寶玉見關着門便用手扣門裡面諸人只顧笑那裡聽見叫了半日拍得門山响裡面方聽見了料着寶玉這會子再不囘來的襲人笑道誰這會子

叫門沒人開去寶玉道是我麝月道是寶姑娘的聲音晴雯道胡說寶姑娘這會子做什麼來襲人道讓我隔着門縫兒瞧瞧可開就開別叫他淋着囘去說着便順着遊廊到門前往外一瞧只見寶玉淋得雨打鷄一般襲人見了又是着忙又是可笑忙開了門笑的灣腰拍手道那裡知道是爺囘來了你怎麼大雨裡跑了來寶玉一肚子沒好氣滿心裡要把開門的踢幾脚方開了門並不看真是誰還只當是那些小丫頭們便抬腿踢在肋上襲人噯喲了一聲寶玉還罵道下流東西們我素日担待你們得了意一點兒也不怕越發拿着我取笑兒了口裡說着一低頭見是襲人哭了方知踢錯了忙笑道噯喲是你來了

踢在那裡了襲人從來不曾受過一句大話的今忽見了寶玉生氣踢他一下又當著許多人又是羞又是氣又是疼真一時置身無地待要怎麽樣料著寶玉未必是安心踢他少不得忍著說道沒有踢著還不換衣裳去寶玉一面進房來解衣一面笑道我長了這麽大今日是頭一遭兒生氣打人不想偏生遇見了你襲人一面忍痛換衣裳一面笑道我是個起頭兒的人也不論事大事小是好是歹自然也該從我起但只是別說打了我明日順了手也打起別人來寶玉道我纔也不是安心襲人道誰說是安心呢素日開門關門的都是那起小丫頭們的事他們是憨皮慣了的早已恨得人牙癢癢他們也沒個怕懼

你原打諒是他們踢一下子唬唬也好剛纔是我淘氣不叫開門的說著那雨已住了寶官玉官也早去了襲人只覺肋上疼得心裡發鬧晚飯也不曾吃至晚間洗澡時脫了衣服只見肋上青了碗大一塊自己倒唬了一跳又不好聲張一時睡下夢中作痛由不得噯喲之聲從睡中哼出寶玉雖說不是安心因見襲人懶懶的也不安穩忽夜間聽得噯喲便知踢重了自己下床來悄悄的秉燈來照剛到床前只見襲人嗽了兩聲吐出一口痰來噯喲一聲睜眼見了寶玉倒唬了一跳道做什麽寶玉道你夢裡噯喲必定踢重了我瞧瞧襲人道我頭上發暈嗓子裡又腥又甜你倒照一照地下罷寶玉聽說果然持燈向地下

一照只見一口鮮血在地寶玉慌了只說了不得了襲人見了也就心冷了半截要知端的下回分解

紅樓夢第三十回終

紅樓夢第三十一回

撕扇子作千金一笑　因麒麟伏白首雙星

話說襲人見了自已吐的鮮血在地也就冷了半截想着往日常聽人說少年吐血年月不保縱然命長終是廢人了想起此言不覺將素日想着後來爭榮誇耀之心盡皆灰了眼中不覺的滴下淚來寶玉見他哭了也不覺心酸起來因問道你心裡覺着怎麽樣襲人勉强笑道好好兒的覺怎麽樣呢寶玉的意思即刻便要叫人燙黄酒要山羊血黎峒丸來襲人拉着他的手笑道你這一鬧不大緊鬧起多少人來倒抱怨我輕狂分明人不知道倒鬧的人知道了你也不好我也不好正經明兒你

打發小子問問王大夫去弄點子藥吃吃就好了人不知鬼不覺的不好　寶玉聽了有理也只得罷了向案上斟了茶來給襲人漱口襲人知寶玉心內也不安待要不叫他伏侍他又必不依况且定要驚動别人不如且由他去罷因此倚在榻上由寶玉去伏侍那天剛亮寶玉也顧不得梳洗忙穿衣出來將王濟仁叫來親自確問王濟仁問其原故不過是傷損便說了個丸藥的名字怎麽吃怎麽敷寶玉記了回園來依方調治不在話下這日正是端陽佳節蒲艾簪門虎符繫臂午間王夫人治了酒席請薛家母女等過節寶玉見寶釵淡淡的也不和他說話自知是昨日的原故王夫人見寶玉沒精打彩也只當是昨

日金釧兒之事他沒好意思的越發不理他黛玉見寶玉懶懶的只當是他因爲得罪了寶釵的原故心中不受用形容也就懶懶的鳳姐昨日晚上王夫人就告訴了他寶玉金釧兒的事知道王夫人不喜歡自巳如何敢說笑也就隨着王夫人的氣色行事更覺淡淡的迎春姐妹見衆人沒意思也都沒意思了因此大家坐了一坐就散了那黛玉天性喜散不喜聚他想的也有個道理他說人有聚就有散聚時喜歡到散時豈不清冷旣清冷則生感傷所以不如倒是不聚的好比如那花兒開的時候兒叫人愛到謝的時候兒便增了許多悵恨所以倒是不開的好故此人以爲歡喜時他反以爲悲慟那寶玉的性情只願人常聚不散花常開不謝及到筵散花謝雖有萬種悲傷也就沒奈何了因此今日之筵大家無興散了黛玉還不覺怎麽着倒是寶玉心中悶悶不樂囘至房中長吁短歎偏偏晴雯上來換衣裳不防又把扇子失了手掉在地下將骨子跌折寶玉因歎道蠢才蠢才將來怎麽樣明日你自巳當家立業難道也是這麽顧前不顧後的晴雯冷笑道二爺近來氣大的狠行動就給臉子瞧前兒連襲人都打了今兒又來尋我的不是要踢要打憑爺去就是跌了扇子也筭不的什麽大事先時候兒什麽玻璃缸瑪瑙碗不知弄壞了多少也沒見個大氣兒這會子一把扇子就這麽着何苦來呢嫌我們就打發了我們再挑好

的使好離好散的倒不好寶玉聽了這些話氣的渾身亂戰因說道你不用忙將來橫豎有散的日子襲人在那邊早已聽見忙趕過來向寶玉道好好兒的又怎麼了可是我說的一時我不到就有事故兒晴雯聽了冷笑道姐姐既會說就該早來呀省了我們惹的生氣自古以來就只是你一個人會伏侍我們原不會伏侍因為你伏侍的好為什麼昨兒纔挨窩心腳啊我們不會伏侍的明日還不知犯什麼罪呢襲人聽了這話又是惱又是愧待要說幾句又見寶玉已經氣的黃了臉少不得自已忍了性子道好妹妹你出去逛逛兒原是我們的不是晴雯聽他說我們兩字自然是他和寶玉了不覺又添了醋意冷笑幾聲道我倒不知道你們是誰別叫我替你們害臊了你們鬼鬼祟祟幹的那些事也瞞不過我去不是我說正經明公正道的連個姑娘還沒掙上去呢也不過和我似的那裏就稱起我們來了襲人羞得臉紫漲起來想想原是自已把話說錯了寶玉一面說道你們氣不忿我明日偏擡舉他襲人忙拉了寶玉的手道他一個糊塗人你和他分証什麼況且你素日又是有擔待的比這大的過去了多少今日是怎麼了晴雯冷笑道我原是糊塗人那裏配和我說話我不過奴才能咧襲人聽說道姑娘到底是和我拌嘴是和二爺拌嘴呢要是心裏惱我你只和我說不犯着當着二爺吵要是惱二爺不該這麼吵的萬人

知道我纔也不過爲了事進來勸開了大家保重姑娘到尋上我的晦氣又不像是惱我又不像是惱二爺夾鎗帶棒終久是個什麼主意我就不說讓你說去說著便往外走寶玉向晴雯道你也不用生氣我也猜著你的心事了我回太太去你也大了打發你出去可好不好晴雯聽了這話不覺越傷起心來含淚說道我爲什麼出去要嫌我變着法兒打發我去也不能彀的寶玉道我何曾經過這樣吵鬧一定是你要出去了不如回太太打發你去罷說着站起來就要走襲人忙回身攔住笑道往那裡去寶玉道回太太去襲人笑道好沒意思認真的去回你也不怕臊了他就是他認真要去也等把這氣下去了等無

事中說話兒回了太太也不遲這會子急急的當一件正經事去回豈不叫太太犯疑寶玉道太太必不犯疑我只明說是他鬧着要去的晴雯哭道我多早晚鬧著要去了饒生了氣還拿話壓派我只管去回我一頭碰死了也不出這門兒寶玉道這又奇了你又不去你又只管鬧我經不起這麽吵不如去了倒干淨說着一定要去回襲人見攔不住只得跪下了碧痕秋紋麝月等衆丫鬟見吵鬧的利害都鴉雀無聞的在外頭聽消息這會子聽見襲人跪下央求便一齊進來都跪下了寶玉忙把襲人拉起來嘆了一聲在床上坐下叫衆人起去向襲人道叫我怎麼樣纔好這個心使碎了也沒人知道說着不覺滴下淚

來襲人見寶玉流下泪來自已也就哭了晴雯在傍哭著方欲說話只見黛玉進來晴雯便出去了黛玉笑道大節下怎麽好好兒的哭起來了難道是爲争粽子吃争惱了不成寶玉和襲人都撲哧的一笑黛玉道二哥哥你不告訴我我不問就知道了一面說一面拍着襲人的肩膀笑道好嫂子你告訴我必定是你們兩口兒拌了嘴了告訴妹妹替你們和息和息襲人推他道姑娘你閙什麽我們一個丫頭姑娘只是混說黛玉笑道你說你是丫頭我只拿你當嫂子待寶玉道你何苦來替他招罵呢饒這麽着還有人說閒話還擱得住你來說這些個襲人笑道姑娘你不知道我的心除非一口氣不來死了倒也罷了

黛玉笑道你死了別人不知怎麽樣我先就哭死了寶玉笑道你死了我做和尚去襲人道你老實些兒罷何苦還混說黛玉將兩個指頭一伸抿着嘴兒笑道做了兩個和尚了我從今已後都記着你做和尚的遭數兒寶玉聽了知道是點他前日的話自已一笑也就罷了一時黛玉去了就有人來說薛大爺請寶玉只得去了原來是吃酒不能推辭只得盡席而散晚間回來已帶了幾分酒踉蹌來至自已院内只見院中早把乘凉的枕榻設下榻上有個人睡着寶玉只當是襲人一面在榻沿上坐下一面推他問道疼的好些了只見那人翻身起來說何苦來又招我寶玉一看原來不是襲人却是晴雯寶玉將他一拉

拉在身傍坐下笑道你的性子越發慣嬌了早起就是跌了扇子我不過說了那麼兩句你就說上那些話你說我也罷了襲人好意勸你又刮拉上他你自巳想想該不該晴雯道怪熱的拉拉扯扯的做什麼叫人看見什麼樣兒呢我這個身子本不配坐在這裡寶玉笑道你既知道不配爲什麼躺着呢晴雯沒的說嗤的又笑了說道你不來使的你來了就不配了起來讓我洗澡去襲人麝月都洗了我叫他們來寶玉笑道我纔又喝了好些酒還得洗洗你既沒洗拿水來偺們兩個洗晴雯搖手笑道罷罷我不敢惹爺還記得碧痕打發你洗澡啊足有兩三個時辰也不知道做什麼呢我們也不好進去後來洗完了進

去瞧瞧地下的水淹着床腿子連蓆子上都汪着水也不知是怎麼洗的笑了幾天我也沒工夫收拾水你也不用和我一塊兒洗今兒也涼快我也不洗了我倒是舀一盆水來你洗洗臉篦篦頭纔鴛鴦送了好些菓子來都湃在那水晶缸裡呢叫他們打發你吃不好嗎寶玉笑道旣這麼着你不洗就洗洗手給我拿菓子來吃晴雯笑道可是說的我一個蠢才連扇子還跌折了那裡還配打發吃菓子呢倘或再砸了盤子更了不得了寶玉笑道你愛砸就砸這些東西原不過是借人所用你愛這樣我愛那樣各自性情比如那扇子原是搧的你要撕着頑兒也可以使得只是別生氣時拿他出氣就如杯盤原是盛東

西的你喜歡聽那一聲响就故意砸了也是使得的只別在氣頭兒上拿他出氣這就是愛物了晴雯聽了笑道既這麼說你就拿了扇子來我撕我最喜歡聽撕的聲兒寶玉聽了便笑着遞給他晴雯果然接過來嗤的一聲撕了兩半接着又聽嗤嗤幾聲寶玉在傍笑着說撕的好再撕响些正說着只見麝月走過來瞪了一眼啐道少作點孽兒罷寶玉赶上來一把將他手裡的扇子也奪了遞給晴雯晴雯接了也撕作幾半子二人都大笑起來麝月道這是怎麼說拿我的東西開心兒寶玉笑道你打開扇子匣子揀去什麼好東西麝月道既這麼說就把扇子搬出來讓他儘力撕不好嗎寶玉笑道你就搬去麝月道我可不造這樣孽他沒折了手叫他自已搬去晴雯笑著便倚在床上說道我也乏了明兒再撕罷寶玉笑道古人云千金難買一笑幾把扇子能値幾何一面說一面叫襲人襲人纔換了衣服走出來小丫頭佳蕙過來拾去破扇大家乘凉不消細說至次日午間王夫人寶釵黛玉眾姐妹正在賈母房中坐著有人回道史大姑娘來了一時果見史湘雲帶領眾多丫鬟媳婦走進院來寶釵黛玉等忙迎至堦下相見青年姊妹經月不見一旦相逢自然是親密的一時進入房中請安問好都見過了賈母因說天熱把外頭的衣裳脫脫罷湘雲忙起身寬衣王夫人因笑道也沒見穿上這些做什麼湘雲笑道都是二嬸娘叫穿

的誰願意穿這些寶釵一傍笑道姨媽不知道他穿衣裳還更愛穿別人的可記得舊年三四月裡他在這裡住着把寶兄弟的袍子穿上靴子也穿上帶子也繫上猛一瞧活脫兒就像是寶兄弟就是多兩個墜子他站在那椅子後頭哄的老太太只是叫寶玉你過來仔細那上頭掛的燈穗子招下灰來迷了眼他只是笑也不過去後來大家忍不住笑了老太太纔笑了說說扮作小子樣兒更好看了黛玉道這算什麼惟有前年正月裡接了他來住了兩日下起雪來老太太和舅母那日想是纔拜了影回來老太太的一件新大紅猩猩氊的斗蓬放在那裡誰知眼不見他就披上了又大又長他就拿了條汗巾子攔腰

繫上和丫頭們在後院子裡撲雪人兒頑一跤栽倒了弄了一身泥說着大家想起來都笑了寶釵笑問那周奶媽道周媽你們姑娘還那麼淘氣不淘氣了周奶媽也笑了迎春笑道淘氣也罷了我就嫌他愛說話也沒見睡在那裡還是咭咭呱呱笑一陣說一陣也不知是那裡來的那些謊話王夫人道只怕如今好了前日有人家來相看眼見有婆婆家了還是那麼著賈母因問今日還是住着還是家去呢周奶媽笑道老太太沒有看見衣裳都帶了來了可不住兩天湘雲問寶玉道寶哥哥不在家麼寶釵笑道他再不想別人只想寶兄弟兩個人好頑笑這可見還沒改了淘氣賈母道如今你們大了別提小名兒了

剛說着只見寶玉來了笑道雲妹妹來了怎麽前日打發人接你去不來王夫人道這裡老太太纔說道一個他又來提名道姓的了黛玉道你哥哥有好東西等著給你呢湘雲道什麽好東西寶玉笑道你信他幾日不見越發高了湘雲笑道襲人姐姐好寶玉道好多謝你想着湘雲道我給他帶了好東西來了說著拿出絹子來挽着一個扢搭寶玉道又是什麽好物兒你倒不如把前日送來的那絳紋石的戒指兒帶兩個給他湘雲笑道這是什麽說着便打開衆人看時果然是上次送來的那絳紋戒指一包四個黛玉笑道你們瞧瞧他這個人前日一般的打發人給我們送來你就把他的也帶了來豈不省事今日

巴巴兒的自巳帶了來我打諒又是什麽新奇東西呢原來還是他眞眞你是個糊塗人湘雲笑道你纔糊塗呢我把這理說出來大家評評誰糊塗給你們送東西就是使來的人不用說話拿進來一看自然就知道是送姑娘們的要帶了他們的來須得我告訴來人這是那一個女孩兒的那是那一個女孩兒的那使來的人明白還好再糊塗些他們的名字多了記不清楚混鬧胡說的反倒連你們的都攪混了要是打發個女人來還好偏前日又打發小子來可怎麽說女孩兒們的名字呢還是我來給他們帶了來豈不清白說着把戒指放下說道襲人姐姐一個鴛鴦姐姐一個金釧兒姐姐一個平兒姐姐一個這

倒是四個人的難道小子們也記得這麽清楚衆人聽了都笑
道果然明白寳玉笑道還是這麽會說話不讓人黛玉聽了冷
笑道他不會說話就配帶金麒麟了一面說著便起身走了幸
而諸人都不曾聽見只有寳釵抿着嘴兒一笑寳玉聽見了倒
自已後悔又說錯了話忽見寳釵一笑由不得也一笑寳釵見
寳玉笑了忙起身走開找了黛玉說笑去了賈母因向湘雲道
喝了茶歇歇兒瞧瞧你嫂子們去園裡也凉快和你姐姐們
去逛逛湘雲答應了因將三個戒指兒包上歇了歇便起身要
瞧鳳姐等去衆奶娘丫頭跟着到了鳳姐那裡說笑了一回出
來便往大觀園來見過了李紈少坐片時便往怡紅院來找襲

人因回頭說道你們不必跟着只管瞧你們的親戚去留下縷
兒伏侍就是了衆人應了自去尋姑覓嫂单剩下湘雲翠縷兩
個翠縷道這荷花怎麽還不開湘雲道時候兒還沒到呢翠縷
道這也和偺們家池子裡的一樣也是樓子花兒湘雲道他們
這個還不及偺們的翠縷道他們那邊有顆石榴接連四五枝
真是樓子上起樓子這也難爲他長湘雲道花草也是和人一
樣氣脉充足長的就好翠縷把臉一扭說道我不信這話要說
和人一樣我怎麽沒見過頭上又長出一個頭來的人呢湘雲
聽了由不得一笑說道我說你不用說話你偏愛說這叫人怎
麽答言呢天地間都賦陰陽二氣所生或正或邪或奇或怪千

變萬化都是陰陽順逆就是一生出來人人罕見的究竟道理還是一樣翠縷道這麼說起來從古至今開天闢地都是些陰陽了湘雲笑道糊塗東西越說越放屁什麼都是些陰陽况且陰陽兩個字還只是一個字陽盡了就是陰陰盡了就是陽不是陰盡了又有一個陽生出來陽盡了又有個陰生出來翠縷道這糊塗死我了什麼是個陰陽沒影沒形的我只問姑娘這陰陽是怎麼個樣兒湘雲道這陰陽不過是個氣罷了器物付了纔成形質譬如天是陽地就是陰水是陰火就是陽日是陽月就是陰翠縷聽了笑道是了是了我今兒可明白了怪道人都管着日頭叫太陽呢筭命的管著月亮叫什麼太陰星就是

這個理了湘雲笑道阿彌陀佛剛剛兒的明白了翠縷道這些東西有陰陽也罷了難道那些蚊子虼蚤蠓虫兒花兒草兒瓦片兒磚頭兒也有陰陽不成湘雲道怎麼沒有呢比如那一個樹葉兒還分陰陽呢向上朝陽的就是陽背陰覆下的就是陰了翠縷聽了點頭笑道原來這麼著我可明白了只是咱們這手裡的扇子怎麼是陰怎麼是陽呢湘雲道這邊正面就爲陽那反面就爲陰翠縷又點頭笑了還要拿幾件東西要問因想不起什麼來猛低頭看見湘雲宮絛上的金麒麟便提起來笑道姑娘這個難道也有陰陽湘雲道走獸飛禽雄爲陽雌爲陰牝爲陰牡爲陽怎麼沒有呢翠縷道這是公的還是母的呢湘

雲啐道什麼公的母的又胡說了翠縷道這也罷了怎麼東西都有陰陽偺們人倒沒有陰陽呢湘雲沉了臉說道下流東西好生走罷越問越說出好的來了翠縷道這有什麼不告訴我的呢我也知道了不用難我湘雲撲哧的笑道你知道什麼翠縷道姑娘是陽我就是陰湘雲拿着絹子掩着嘴笑起來翠縷道說的是了就笑的這麼樣湘雲道狠是狠是翠縷道人家說主子爲陽奴才爲陰我連這個大道理也不懂得湘雲笑道你狠懂得正說着只見薔薇架下金晃晃的一件東西湘雲指着問道你看那是什麼翠縷聽了忙赶去拾起來看着笑道可分出陰陽來了說着先拿湘雲的麒麟瞧湘雲要把揀的瞧瞧翠縷只管不放手笑道是件寶貝姑娘瞧不得這是從那裡來的好奇怪我只從來在這裡沒見人有這個湘雲道拿來我瞧瞧翠縷將手一撒笑道姑娘請看湘雲舉目一看却是文彩輝煌的一個金麒麟比自己佩的又大又有文彩湘雲伸手擎在掌上心裡不知怎麼一動似有所感忽見寶玉從那邊來了笑道你在這日頭底下做什麼呢怎麼不找襲人去呢湘雲連忙將那個麒麟藏起道正要去呢偺們一處走說着大家進了怡紅院來襲人正在堦下倚檻迎風忽見湘雲來了連忙迎下來攜手笑說一向別情一面進來讓坐寶玉因問道你該早来我得了一件好東西專等你呢說着一面在身上掏了半天噯呀了

一聲便問襲人那個東西你收起來了麽襲人道什麽東西寶玉道前日得的麒麟襲人道你天天帶在身上的怎麽問我寶玉聽了將手一拍說道這可丟了往那裡找去就要起身自已尋去湘雲聽了方知是寶玉遺落的便笑問道你幾時又有個麒麟了寶玉道前日好容易得的呢不知多早晚丟了我也糊塗了湘雲笑道幸而是個頑的東西還是這麼慌張說着將手一撒笑道你瞧瞧是這個不是寶玉一見由不得歡喜非常要知後事下回分解

紅樓夢第三十一回終

紅樓夢第三十二回

訴肺腑心迷活寶玉　含恥辱情烈死金釧

話說寶玉見那麒麟心中甚是歡喜便伸手來拿笑道虧你揀着了你是怎麽拾着的湘雲笑道幸而是這個明日倘或把印也丟了難道也就罷了不成寶玉笑道倒是丟了印平常若丟了這個我就該死了襲人倒了茶來與湘雲吃一面笑道大姑娘我前日聽見你大喜呀湘雲紅了臉扭過頭去吃茶一聲也不答應襲人笑道這會子又害臊了你還記得那幾年偺們在西邊煖閣上住着晚上你和我說的話那會子不害臊這會子怎麽又臊了湘雲的臉越發紅了勉强笑道你還說呢那會子

偺們那麽好後來我們太太沒了我家去住了一程子怎麽就把你配給了他我來了你就不那麽待我了襲人也紅了臉笑道罷喲先頭裡姐姐長姐姐短哄着我替梳頭洗臉做這個弄那個如今拿出小姐款兒來了你既拿款我敢親近嗎湘雲道阿彌陀佛寃枉寃哉我要這麽着就立刻死了你瞧瞧這麽大熱天我來了必定先瞧瞧你你不信問縷兒我在家時時刻刻那一回不想念你幾句襲人和寶玉聽了都笑勸道說頑話兒你又認真了還是這麽性兒急湘雲道你不說你的話咽人倒說人性急一面說一面打開絹子將戒指遞與襲人襲人感謝不盡因笑道你前日送你姐姐們的我已經得了今日你親自

又送來可見是沒忘了我就爲這個試出你來了戒指兒能值多少可見你的心真史湘雲道是誰給你的襲人道是寶姑娘給我的湘雲嘆道我只當林姐姐送你的原來是寶姐姐給了你我天天在家裡想着這些姐姐們再沒一個比寶姐姐好的可惜我們不是一個娘養的我但凡有這麼個親姐姐就是沒了父母也沒妨碍的說着眼圈兒就紅了寶玉道罷罷罷不用提起這個話了史湘雲道提這個便怎麼我知道你的心病恐怕你的林妹妹聽見又嗔我讚了寶姐姐了可是爲這個不是襲人在傍嗤的一笑說道雲姑娘你如今大了越發心直嘴快了寶玉笑道我說你們這幾個人難說話果然不錯史湘雲道

好哥哥你不必說話叫我惡心只會在我跟前說話見了你林妹妹又不知怎麼好了襲人道且別說頑話正有一件事要求你呢史湘雲便問什麼事襲人道有一雙鞋摳了墊心子我這兩日身上不好不得做你可有工夫替我做做史湘雲道這又奇了你家放着這些巧人不筭還有什麼針線上的裁剪上的怎麼叫我做起來你的活計叫人做誰好意思不做呢襲人笑道你又糊塗了你難道不知道我們這屋裡的針線是不要那些針線上的人做的史湘雲聽了便知是寶玉的鞋因笑道既這麼說我就替你做做罷只是一件你的我纔做別人的我可不能襲人笑道又來了我是個什麼兒就敢煩你做鞋了實告

訴你可不是我的你別管是誰的橫竪我領情就是了史湘雲道論理你的東西也不知煩我做了多少今日我倒不做的原故你必定也知道襲人道我倒也不知道史湘雲冷笑道前日我聽見把我做的扇套兒拿著和人家比賭氣又鉸了我早就聽見了你還瞞我這會子又叫我做我成了你們奴才了寶玉忙笑道前日的那個本不知是你做的襲人也笑道他本不知是你做的是我哄他的話說是新近外頭有個會做活的扎的絕出奇的好花兒叫他們拿了一個扇套兒試試看好不好他就信了拿出去給這個瞧那個看的不知怎麼又惹惱了那一位鉸了兩段回來他還叫趕著做去我纔說了是你做的他後

悔的什麼似的史湘雲道這越發奇了林姑娘也犯不上生氣他既會剪就叫他做襲人道他可不做呢饒這麼着老太太還怕他勞碌着了大夫又說好生靜養纔好誰還肯煩他做呢舊年好一年的工夫做了個香袋兒今年半年還沒見拿針線呢正說着有人來回說興隆街的大爺來了老爺叫二爺出去會寶玉聽了便知賈雨村來了心中好不自在襲人忙去拿衣服寶玉一面登着靴子一面抱怨道有老爺和他坐着就罷了回回定要見我史湘雲一邊搖着扇子笑道自然你能迎賓接客老爺纔叫你出去呢寶玉道那裡是老爺都是他自已要請我見的湘雲笑道主雅客來勤自然你有些警動他的好處他纔

要會你寶玉道罷罷我也不過俗中又俗的一個俗人罷了並不願和這些人來往湘雲笑道還是這個性兒改不了如今大了你就不願意去考舉人進士的也該常會會這些爲官作宦的談談講講那些仕途經濟也好將來應酬事務日後也有個正經朋友讓你成年家只在我們隊裏攪的出些什麼來寶玉聽了大覺逆耳便道姑娘請別的屋裏坐坐罷我這裏仔細腌臢了你這樣知經濟的人襲人連忙解說道姑娘快別說他上回也是寶姑娘說過一回他也不管人臉上過不去咳了一聲拿起脚來就走了寶姑娘的話也沒說完見他走了登時羞的臉通紅說不是不說又不是幸而是寶姑娘那要是林姑娘不

知又鬧的怎麼樣哭的怎麼樣呢提起這些話來寶姑娘叫人敬重自已過了一會子去了我倒過不去只當他惱了誰知過後還是照舊一樣真真是有涵養心地寬大的誰知這一位反倒和他生分了那林姑娘見他賭氣不理他後來不知賠多少不是呢寶玉道林姑娘從來說過這些混賬話嗎要是他也說過這些混賬話我早和他生分了襲人和湘雲都點頭笑道這原是混賬話麼原來黛玉知道史湘雲在這裏寶玉一定又趕來說麒麟的原故因心下忖度着近日寶玉弄來的外傳野史多半才子佳人都因小巧玩物上撮合或有鴛鴦或有鳳凰或玉環金佩或鮫帕鸞絛皆由小物而遂終身之願今忽見寶玉

也有麒麟便恐借此生隙同湘雲也做出那些風流佳事來因而悄悄走來見機行事以察二人之意不想剛走進來正聽見湘雲說經濟一事寶玉又說林妹妹不說這些混賬話要說這話我也和他生分了黛玉聽了這話不覺又喜又驚又悲又嘆所喜者果然自己眼力不錯素日認他是個知己果然是個知已所驚者他在人前一片私心稱揚于我其親熱厚密竟不避嫌疑所嘆者你旣爲我的知已自然我亦可爲你的知已旣你我爲知已又何必有金玉之論呢旣有金玉之論也該你我有之又何必來一寶釵呢所悲者父母早逝雖有銘心刻骨之言無人爲我主張况近日每覺神思恍惚病已漸成醫者更云氣

弱血虧恐致勞怯之症我雖爲你的知已但恐不能久待你縱爲我的知已奈我薄命何想到此間不禁淚又下來待要進去相見自覺無味便一面拭淚一面抽身回去了這裡寶玉忙忙的穿了衣裳出來忽見黛玉在前面慢慢的走着似乎有拭淚之狀便忙赶着上來笑道妹妹往那裡去怎麽又哭了又是誰得罪了你了黛玉回頭見是寶玉便勉强笑道好好的我何曾哭來寶玉笑道你瞧瞧眼睛上的淚珠兒没乾還撒謊呢一面說一面禁不住抬起手來替他拭淚黛玉忙向後退了幾步說道你又要死了又這麽動手動脚的寶玉笑道說話忘了情不覺的動了手也就顧不得死活黛玉道死了倒不値什麽只是

丟下了什麽金叉是什麽麒麟可怎麽好呢一句話又把寶玉說急了赶上來問道你還說這些話到底是咒我還是氣我呢黛玉見問方想起前日的事來遂自悔這話又說造次了忙笑道你别著急我原說錯了這有什麽要緊筋都疊暴起来急的一臉汗一面說一面也近前伸手替他拭面上的汗寶玉瞅了嘆半天方說道你放心黛玉聽了怔了半天說道我有什麽不放心的我不明白你這個話你倒說說怎麽放心不放心寶玉嘆了一口氣問道你果然不明白這話難道我素日在你身上的心都用錯了連你的意思若體貼不着就難怪你天天爲我生氣了黛玉道我真不明白放心不放心的話寶玉點頭嘆道好

妹妹你别哄我你真不明白這話不但我素日白用了心且連你素日待我的心也都辜負了你皆因都是不放心的原故纔弄了一身的病了但凡寬慰些這病也不得一日重似一日了黛玉聽了這話如轟雷掣電細細思之竟比自己肺腑中掏出來的還覺懇切竟有萬句言語滿心要說只是半個字也不能吐出只管怔怔的瞅着他此時寶玉心中也有萬句言詞不知一時從那一句說起却也怔怔的瞅着黛玉兩個人怔了半天黛玉只咳了一聲眼中淚直流下來回身便走寶玉忙上前拉住道好妹妹且略站住我說一句話再走黛玉一面拭淚一面將手推開說道有什麽可說的你的話我都知道了口裡說着

却頭也不回竟去了寶玉望着只管發起獃來原來方纔出來忙了不曾帶得扇子襲人怕他熱忙拿了扇子赶來送給他猛抬頭看見黛玉和他站着一時黛玉走了他還站着不動因而赶上來說道你也不帶了扇子去虧了我看見赶着送來寶玉正出了神見襲人和他說話並未看出是誰只管呆著臉說道好妹妹我的這個心從來不敢說今日膽大說出來就是死了也是甘心的我爲你也弄了一身的病又不敢告訴人只好捱着等你的病好了只怕我的病纔得好呢睡裡夢裡也忘不了你襲人聽了驚疑不止又是怕又是急又是臊連忙推他道這是那裡的話你是怎麽着了還不快去嗎寶玉一時醒過來方

知是襲人雖然羞的滿面紫漲却仍是獃獃的接了扇子一句話也沒有竟自走去這裡襲人見他去後想他方纔之言必是因黛玉而起如此看來倒怕將來難免不才之事令人可驚可畏却是如何處治方能免此醜禍想到此間也不覺呆呆的發起怔來誰知寶釵恰從那邊走來笑道大毒日頭地下出什麽神呢襲人見問忙笑說道我纔見兩個雀兒打架倒很有個頑意兒就看住了寶釵道寶兄弟纔穿了衣服忙忙的那裡去了我要叫住問他呢只是他慌慌張張的走過去竟像沒理會我的所以沒問襲人道老爺叫他出去的寶釵聽了忙說道噯喲這麽大熱的天叫他做什麽別是想起什麽來生了氣叫他出

去教訓一場罷襲人笑道不是這個想必有客要會寶釵笑道這個客也沒意思這麼熱天不在家裡凉快跑什麼襲人笑道你可說麼寶釵因問雲丫頭在你們家做什麼呢襲人笑道纔說了會子閒話兒又瞧了會子我前日粘的鞋幫子明日還求他做去呢寶釵聽見這話便兩邊回頭看無人來往笑道你這麼個明白人怎麼一時半刻的就不會體諒人我近來看著雲姑娘的神情兒風裡言風裡語的聽起來在家裡一點兒做不得主他們家嫌費用大竟不用那些針線上的人差不多兒的東西都是他們娘兒們動手為什麼這幾次他來了他和我說話兒見沒人在跟前他就說家裡累的慌我再問他兩句家常過日子的話他就連眼圈兒都紅了嘴裡含含糊糊待說不說的看他的形景兒自然從小兒沒了父母是苦的我看見他也不覺的傷起心來襲人見說這話將手一拍道是了怪道上月我求他打十根蝴蝶兒結子過了那些日子纔打發人送來還說這是粗打的且在別處將就使罷要勻淨的等明日來住著再好生打如今聽姑娘這話想來我們求他他不好推辭不知他在家裡怎麼三更半夜的做呢可是我也糊塗了早知道是這麼着我也不該求他寶釵道上次他告訴我說在家裡做活做到三更天要是替別人做一點半點兒那些奶奶太太們還不受用呢襲人道偏我們那個牛心的小爺憑着小的大的活

計一概不要家裡這些活計上的人做我又弄不開這些寶釵笑道你理他呢只管叫人做去就是了襲人道那裡哄的過他他纔是認得出來呢說不得我只好慢慢的累去罷了寶釵笑道你不必忙我替你做些就是了襲人笑道當真的這可就是我的造化了晚上我親自過來一句話未了忽見一個老婆子忙忙走來說道這是那裡說起金釧兒姑娘好好兒的投井死了襲人聽得唬了一跳忙問那個金釧兒那老婆子道那裡還有兩個金釧兒呢就是太太屋裡的前日不知為什麽攆出去在家裡哭天抹淚的也都不理會他誰知找不着他纔有打水的人說那東南角上井裡打水見一個屍首趕着叫人打撈起

來誰知是他他們還只管亂着要救那裡中用了呢寶釵道這也奇了襲人聽說點頭讚嘆想素日同氣之情不覺流下淚來寶釵聽見這話忙向王夫人處來這裡襲人自回去了寶釵來至王夫人房裡只見鴉雀無聞獨有王夫人在裡間房內坐着垂淚寶釵便不好提這事只得一旁坐下王夫人便問你打那裡來寶釵道打園裡來王夫人道你打園裡來可曾見你寶兄弟寶釵道纔倒看見他了穿著衣裳出去了不知那裡去王夫人點頭歎道你可知道一件奇事金釧兒忽然投井死了寶釵見說道怎麼好好兒的投井這也奇了王夫人道原是前日他把我一件東西弄壞了我一時生氣打了他兩下子攆了下去

我只說氣他幾天還叫他上來誰知他這麽氣性大就投井死了豈不是我的罪過寶釵笑道姨娘是慈善人固然是這麽想據我看來他並不是賭氣投井多半他下去住着或是在井傍邊兒頑失了脚掉下去的他在上頭拘束慣了這一出去自然要到各處去頑頑逛逛兒豈有這樣大氣的理總然有這樣大氣也不過是個糊塗人也不爲可惜王夫人點頭歎道雖然如此到底我心裡不安寶釵笑道姨娘也不勞關心十分過不去不過多賞他幾兩銀子發送他也就盡了主僕之情了王夫人道纔剛我賞了五十兩銀子給他媽原要還把你妹妹們的新衣裳給他兩件粧裹誰知可巧都沒有什麽新做的衣裳只有

你林妹妹做生日的兩套我想你林妹妹那孩子素日是個有心的况且他也三灾八難的既說了給他作生日這會子又給人去粧裹豈不忌諱因這麽着我纔現叫裁縫赶着做一套給他要是別的丫頭賞他幾兩銀子也就完了金釧兒雖然是個丫頭素日在我跟前比我的女孩兒差不多兒口裡說著不覺流下淚來寶釵忙道姨娘這會子何用叫裁縫赶去我前日倒做了兩套拿來給他豈不省事况且他活的時候兒也穿過我的舊衣裳身量也相對王夫人道雖然這樣難道你不忌諱寶釵笑道姨娘放心我從來不計較這些一面說一面起身就走王夫人忙叫了兩個人跟寶釵去一時寶釵取了衣服回來只

見寶玉在王夫人旁邊坐著垂淚王夫人正纔說他因見寶釵來了就掩住口不說了寶釵見此景况察言觀色早知覺了七八分于是將衣服交明王夫人王夫人便將金釧兒的母親叫來拿了去了後事如何下回分解

紅樓夢第三十二回終

紅樓夢第三十三回

手足耽耽小動唇舌　不肖種種大承笞撻

却說王夫人喚上金釧兒的母親來拿了幾件簪環當面賞了又吩咐請幾衆僧人念經超度他金釧兒的母親磕了頭謝了出去原來寶玉會過雨村回來聽見金釧兒含羞自盡心中早已五內摧傷進來又被王夫人數說教訓了一番也無可回說看見寶釵進來方得便走出茫然不知何往背着手低着頭一面感嘆一面慢慢的信步走至廳上剛轉過屏門不想對面來了一人正往裡走可巧撞了個滿懷只聽那人喝一聲站住寶玉唬了一跳抬頭看時不是別人却是他父親早不覺倒抽了

一口凉氣只得垂手一旁站着賈政道好端端的你垂頭喪氣的嗐什麼方纔雨村來了要見你那半天纔出來既出來了全無一點慷慨揮灑的談吐仍是委委瑣瑣的我看你臉上一團私慾愁悶氣色這會子又嗳聲嘆氣你那些還不足還不自在無故這樣是什麼緣故寶玉素日雖然口角伶俐此時一心却爲金釧兒感傷恨不得也身亡命殞如今見他父親說這些話究竟不曾聽明白了只是怔怔的站着賈政見他惶悚應對不似往日原本無氣的這一來倒生了三分氣方欲說話忽有門上人來回忠順親王府裡有人來要見老爺賈政聽了心下疑惑暗暗思忖道素日並不與忠順府來往爲什麼今日打發人

來一面想一面命快請廳上坐急忙進內更衣出來接見時却是忠順府長府官一面彼此見了禮歸坐獻茶未及叙談那長府官先就說道下官此來並非擅造潭府皆因奉命而來有一件事相求看王爺面上敢煩老先生做主不但王爺知情且連下官輩亦感謝不盡賈政聽了這話摸不着頭腦忙陪笑起身問道大人既奉王命而來不知有何見諭望大人宣明學生好遵諭承辦那長府官冷笑道也不必承辦只用老先生一句話就完了我們府裡有一個做小旦的琪官一向好好在府如今竟三五日不見回去各處去找又摸不着他的道路因此各處察訪這一城內十停人倒有八停人都說他近日和啣玉的那

位令郎相與甚厚下官輩聽了尊府不比別家可以擅來索取因此啟明王爺王爺亦說若是別的戲子呢一百個也罷了只是這琪官隨機應答謹慎老成甚合我老人家的心境斷斷少不得此人故此求老先生轉致令郎請將琪官放回一則可慰王爺諄諄奉懇之意二則下官輩也可免搽勞求覓之苦說畢忙打一躬賈政聽了這話又驚又氣即命喚寶玉出來寶玉也不知是何原故忙忙趕來賈政便問該死的奴才你在家不讀書也罷了怎麼又做出這些無法無天的事來那琪官現是忠順王爺駕前承奉的人你是何等草莽無故引逗他出來如今禍及于我寶玉聽了唬了一跳忙回道實在不知此事究竟琪

官兩個字不知為何物況更加以引逗二字說着便哭賈政未
及開口只見那長府官冷笑道公子也不必隱飾或藏在家或
知其下落早說出來我們也少受些辛苦豈不念公子之德呢
寶玉連說實在不知恐是訛傳也未見得那長官冷笑兩聲道
現有証據必定當着老大人說出來公子豈不吃虧既說不知
此人那紅汗巾子怎得到了公子腰裡寶玉聽了這話不覺轟
了魂魄目瞪口呆心下自思這話他如何知道他既連這樣機
密事都知道了大約別的瞞不過他不如打發他去了免得再
說出別的事來因說道大人既知他的底細如何連他置買房
舍這樣大事倒不曉得了聽得說他如今在東郊離城二十里

有個什麼紫檀堡他在那裡置了幾畝田地幾間房舍想是在
那裡也未可知那長府官聽了笑道這樣說一定是在那裡了
我且去找一回若有了便罷若沒有還要來請教說着便忙忙
的告辭走了賈政此時氣得目瞪口歪一面送那官員一面回
頭命寶玉不許動回來有話問你一直送那官去了纔回身時
忽見賈環帶着幾個小廝一陣亂跑賈政喝命小廝給我快打
賈環見了他父親嚇得骨軟筋酥趕忙低頭站住賈政便問你
跑什麼帶著你的那些人都不管你不知往那裡去由你野馬
一般喝叫跟上學的人呢賈環見他父親甚怒便乘機說道方
纔原不曾跑只因從那井邊一過那井裡淹死了一個丫頭我

看腦袋這麼大身子這麼粗泡的實在可怕所以纔趕着跑過來了賈政聽了驚疑問道好端端誰去跳井我家從無這樣事情自祖宗以來皆是寬柔待下大約我近年於家務疎懶自然執事人操尅奪之權致使弄出這暴殄輕生的禍來若外人知道祖宗的顔面何在喝命叫賈璉賴大來小廝們答應了一聲方欲去叫賈環忙上前拉住賈政袍襟貼膝跪下道老爺不用生氣此事除太太屋裡的人別人一點也不知道我聽見我母親說說到這句便回頭四顧一看賈政知其意將眼色一丟小廝們明白都往兩邊後面退去賈環便悄悄說道我母親告訴我說寶玉哥哥前日在太太屋裡拉著太太的丫頭金釧兒强

姦不遂打了一頓金釧兒便賭氣投井死了話未說完把個賈政氣得面如金紙大叫拿寶玉來一面說一面便往書房去喝命今日再有人來勸我我把這冠帶家私一應就交與他和寶玉過去我免不得做個罪人把這幾根煩惱鬓毛剃去尋個干淨去處自了也免得上辱先人下生逆子之罪衆門客僕從見賈政這個形景便知又是爲寶玉了一個個咬指吐舌連忙退出賈政喘吁吁直挺挺的坐在椅子上滿面淚痕一叠連聲拿寶玉來拿大棍拿繩來把門都關上有人傳信到裡頭去立刻打死衆小廝們只得齊齊答應有幾個來找寶玉那寶玉聽見賈政吩咐他不許動早知凶多吉少那裡知道賈環又添了

許多的話正在廳上旋轉怎得個人往裡頭梢信偏偏的沒個人來連焙茗也不知在那裡正盼望時只見一個老媽媽出來寶玉如得了珍寶便趕上來拉他說道快進去告訴老爺要打我呢快去快去要緊要緊寶玉一則急了說話不明白二則老婆子偏偏又耳聾不曾聽見是什麼話把要緊二字只聽做跳井二字便笑道跳井讓他跳去二爺怕什麼寶玉見是個聾子便着急道你出去叫我的小廝來罷那婆子道有什麼不了的事老早的完了太太又賞了銀子怎麼不了事呢寶玉急的手腳正沒抓尋處只見賈政的小廝走來逼著他出去了賈政一見眼都紅了也不暇問他在外流蕩優伶表贈私物在家荒疏學業逼淫母婢只喝命堵起嘴來着實打死小廝們不敢違只得將寶玉按在櫈上舉起大板打了十來下寶玉自知不能討饒只是嗚嗚的哭賈政還嫌打的輕一腳踢開掌板的自已奪過板子来狠命的又打了十幾下寶玉生來未經過這樣苦楚起先覺得打的疼不過還亂嚷亂哭後來漸漸氣弱聲嘶哽咽不出衆門客見打的不祥了赶著上來懇求奪勸賈政那裡肯聽說道你們問問他幹的勾當可饒不可饒素日皆是你們這些人把他釀壞了到這步田地還來勸解明日釀到他弒父弒君你們纔不勸不成衆人聽這話不好知道氣急了忙亂着覓人進去給信王夫人聽了不及去回賈母便忙穿衣出來也不

顧有人沒人忙忙扶了一個了頭趕往書房中來慌得衆門客小厮等避之不及賈政正要再打一見王夫人進來更加火上澆油那板子越下去的又狠又快按寶玉的兩個小厮忙鬆手走開寶玉早已動彈不得了賈政還欲打時早被王夫人抱住板子賈政道罷了罷了今日必定要氣死我纔罷王夫人哭道寶玉雖然該打老爺也要保重且炎暑天氣老太太身上又不大好打死寶玉事小倘或老太太一時不自在了豈不事大賈政冷笑道倒休提這話我養了這不肖的孽障我已不孝平昔教訓他一番又有衆人護持不如趁今日結果了他的狗命以絕將來之患說着便要繩來勒死王夫人連忙抱住哭道老爺雖然應當管教兒子也要看夫妻分上我如今已五十歲的只有這個孽障必定苦苦的以他為法我也不敢深勸今日越發要弄死他豈不是有意絕我呢既要勒死他索性先勒死我再勒死他我們娘兒們不如一同死了在陰司裡也得個倚靠說畢抱住寶玉放聲大哭起來賈政聽了此話不覺長嘆一聲向椅上坐了淚如雨下王夫人抱着寶玉只見他面白氣弱底下穿着一條綠紗小衣一片皆是血漬禁不住解下汗巾去由腿看至豚脛或青或紫或整或破竟無一點好處不覺失聲大哭起苦命的兒來因哭出苦命兒來又想起賈珠來便叫着賈珠哭道若有你活着便死一百個我也不管了此時裏面的人

聞得王夫人出來李紈鳳姐及迎探姊妹兩個也都出來了王
夫人哭着賈珠的名字別人還可惟有李紈禁不住也抽抽搭
搭的哭起來了賈政聽了那淚更似走珠一般滾了下來正沒
開交處忽聽丫鬟來說老太太來了一言未了只聽窗外顫巍
巍的聲氣說道先打死我再打死他就干淨了賈政見母親來
了又急又痛連忙迎出來只見賈母扶着丫頭搖頭喘氣的走
來賈政上前躬身陪笑說道大暑熱的天老太太有什麽吩咐
何必自己走來只叫兒子進去吩咐便了賈母聽了便止步喘
息一面厲聲道你原來和我說話我倒有話吩咐只是我一生
沒養個好兒子却叫我和誰說去賈政聽這話不像忙跪下含

淚說道兒子管他也爲的是光宗耀祖老太太這話兒子如何
當的起賈母聽說便啐了一口說道我說了一句話你就禁不
起你那樣下死手的板子難道寶玉兒就禁的起了你說教訓
兒子是光宗耀祖當日你父親怎麽教訓你來着說著也不覺
淚往下流賈政又陪笑道老太太也不必傷感都是兒子一時
性急從此以後再不打他了賈母便冷笑兩聲道你也不必和
我賭氣你的兒子自然你要打就打想來你也厭煩我們娘兒
們不如我們早離了你大家干淨說着便命人去看轎我和你
太太寶玉兒立刻回南京去家下人只得答應着賈母又叫王
夫人道你也不必哭了如今寶玉兒年紀小你疼他他將來長

大爲官作宦的也未必想着你是他母親了你如今倒是不疼他只怕將來還少生一口氣呢賈政聽說忙叩頭說道母親如此說兒子無立足之地了賈母冷笑道你分明使我無立足之地你反說起你來只是我們回去了你心裡干淨看有誰來不許你打一面說一面只命快打點行李車輛轎馬回去賈政直挺挺跪着叩頭謝罪賈母一面說一面來看寶玉只見今日這頓打不比往日又是心疼又是生氣也抱着哭個不了王夫人與鳳姐等解勸了一會方漸漸的止住早有了鬟媳婦等上來要攙寶玉鳳姐便罵糊塗東西也不睜開眼瞧瞧這個樣兒怎麼攙着走的還不快進去把那藤屜子春凳擡出來呢衆人答了連忙飛跑進去果然抬出春凳來將寶玉放上隨着賈母王

夫人等進去送至賈母屋裡彼時賈政見賈母怒氣未消不敢自便也跟着進來看看寶玉果然打重了再看看王夫人一聲肉一聲兒的哭道你替珠兒早死了留着珠兒也免你父親生氣我也不白操這半世的心了這會子你倘或有個好歹撂下我叫我靠那一個數落一塲又哭不爭氣的兒賈政聽了也就灰心自己不該下毒手打到如此地步先勸賈母賈母含淚說道兒子不好原是要管的不該打到這個分兒你不出去還在這裡做什麼難道於心不足還要眼看著他死了纔算嗎賈政聽說方諾諾的退出去了此時薛姨媽寶釵香菱襲人湘雲等

也都在這裡襲人滿心委屈只不好十分使出來見衆人圍着灌水的灌水打扇的打扇自已揷不下手去便索性走出門到二門前命小廝們找了焙茗來細問方纔好端端的爲什麽打起來你也不早來透個信兒焙茗急的說偏我沒在跟前打到半中間我纔聽見了忙打聽原故却是爲琪官兒和金釧兒姐姐的事襲人道老爺怎麽知道了焙茗道那琪官兒的事多半是薛大爺素昔吃醋沒法兒出氣不知在外頭挑唆了誰來在老爺跟前下的蛆那金釧兒姐姐的事大約是三爺說的我也是聽見跟老爺的人說襲人聽了這兩件事都對景心中也就信了八九分然後回來只見衆人都替寶玉療治調停完備賈

母命好生擡到他屋裡去衆人一聲答應七手八脚忙把寶玉送入怡紅院內自已床上臥好又亂了半日衆人漸漸的散去了襲人方纔進前來經心服侍細問要知端底究竟如何且聽下回分解

紅樓夢三十三回終